내기하기
눈송이 모으기
게임에서 이기기
낙엽 속에서 놀기
클래식 음악 듣기
유령마을 방문하기
하이킹 가기
새소리 듣기
파리
언덕에 앉아 있기
헬리콥터 타기
오토바이로 달리기
키스
낙엽 세기
빗속 걷기
놀기
독
캠핑
새 쫓기
손톱 다듬기
내 상태 업데이트
서핑 레슨
스카이다이빙
계속 자기
맥주 마시기
스핀 연습
박물관 가기
여행
관광
춤
패러세일링
말하기
걷기
상어와 헤엄치기
사진 찍기
균형 찾기
영화 보기
비 맞으며
놀기
옷 개 비하기
운동하기
취미 갖기
데이트하기
등산
배우기
쉬기
목욕하기
첨벙첨벙 물놀이하기
모래성 쌓기
시골풍경 보기
그림 그리기
수업 듣기
수영
로드 트립
길에서 큰소리로 말하기
좀더 떠나보기
사물 돌아보기
이웃 만나기
연극
로데오 보기
가만히 앉아 있기
시 쓰기
쇼핑하기
낚시
만 걸어보기
일출 보기
눈사람 만들기
눈 속에서 놀기
폰 바꾸기
파티하기
박람회 가기
유럽
보기
오픈하우스 방문
가만 내버려두기
돌고래와 헤엄치기
내 시간 갖기
파티
보트 렌트하기
축하하기
정원일 하기
브런치 먹기
DJ 배우기
내 여행 추억 쌓기
멋진 정장 마련
음악 축제 알아보기
행복한 순간이 언제인지 알아보기
롤러 코스터 타기
여행사와 얘기하기
일몰 보기
지하철 타기
다른 사람 돕기
원하는 만큼 사물 응시하기
집 인테리어 하기
새 수건 사기
나무 숲 걷기
인도요리 배우기
스키
신문 읽기
조각칼 사기
연애소설 읽기
예술 작품 사기
담배 피워보기(죽지는 않을테니:))
마사지
요리 배우기
번지점프 하기
데이트 정보 만들기
특별한 사람 찾기
미래를 위한 계획 세우기
롤러 게임 하기
볼링 리그 참여하기
도자기 배우기
선인장 사기
수곱하기
사막에 가보기
커플링 해 보기
식물 키우기
영화

딱1년만 쉬겠습니다

격무에 지친 저승사자의 안식년 일기

브라이언 리아 글·그림 | 전지운 옮김

브라이언 리아 글·그림 로스 앤젤레스에서 아내와 아들, 그리고 그가 가꾸는 식물들과 함께 살고 있다. 세계적으로 전시를 하는 화가이며 현재 <뉴욕타임즈> '모던 러브 Modern Love' 칼럼에 일러스트를 담당하고 있다.

전지운 옮김 외국어를 들여다보는 일을 좋아한다. 번역한 책으로는 《그래, 나 노처녀다 왜?》 《그래, 나 싱글이다 왜?》 외 다수의 어린이 그림책이 있다.

딱 1년만 쉬겠습니다
격무에 지친 저승사자의 안식년 일기

초판 1쇄 인쇄 2019년 3월 29일
초판 1쇄 발행 2019년 4월 8일

지은이 브라이언 리아 **옮긴이** 전지운
펴낸이 전지운 **펴낸곳** 책밥상
디자인 Studio Marzan 김성미
등록 제 406-2018-000080호 (2018년 7월 4일) **주소** 경기도 파주시 문발로 197 우편번호 10881
전화 031-955-3189 **팩스** 031-955-3187 **이메일** woony500@gmail.com
제작 제이오 **인쇄** (주)민원프린텍 **제책** (주)정문바인텍 **ISBN** 979-11-964570-3-7 02840

이 도서의 국립중앙도서관 출판예정도서목록(CIP)은 서지정보유통지원시스템 홈페이지(http://seoji.nl.go.kr)와 국가자료종합목록시스템(http://www.nl.go.kr/kolisnet)에서 이용하실 수 있습니다. (CIP제어번호 : CIP2019010027)

책밥상
BOOKTABLE

《딱 1년만 쉬겠습니다》는 책밥상의 두 번째 책입니다.
독자분의 생각을 살찌워 삶의 힘을 기르는 데 꼭 필요한 책이기를
간절히 바라는 마음을 담아 정성스레 차려냈습니다.
읽어 주셔서 고맙습니다. 잘못된 책은 바꾸어 드립니다.
이 책의 전부 또는 일부 내용을 사용하시려면
반드시 사전에 저작권자와 책밥상의 동의를 받으셔야 합니다.

쉬 는 걸 불 안 해 하 는 이 들 에 게

'일과 생활 사이에 균형 찾기'란 말을 자주 듣는데 과연 무슨 뜻일까? 일을 적게 한다는 걸까? 더 많은 휴가를 쓴다는 걸까? 우리는 가능한 한 열심히 일하고 나서는 왜 '더 놀았어야 했어.'라며 이미 써 버린 시간을 돌아보고 후회하는 걸까? 나는 이것에 대해 많은 생각을 하고 또한 가책을 느낀다.

나는 직업으로 그림을 그린다. 열정적으로 일을 하는데 내가 가진 재능에 따라 선택했고 그 어떤 직업보다 더 많이 일하는 것을 좋아했기 때문이다. 화가가 되는 것에는 내가 감사해하는 장점들이 많다. 그럼에도 부정적인 면이라면, 결코 내가 '멈출 수 없다'는 거다. 일하는 동안 휴식은 거의 없거나 계속해서 일만 생각한다. 내 머릿속에는 늘 프로젝트뿐이고 그 당시 하고 있는 일로 꽉 차 있다. 아니면 앞으로 할 새로운 가능성 있는 프로젝트거나.[1] '사무실' 불은 언제나 켜져 있다. 가끔 가족들과 시간을 보내고 여행을 계획하고 모임을 갖고, 아주 가끔 운동을 한다.[2] 이상한 사실은 내가 일하지 않을 때나 쉬려고 할 때 '내가 일하지 않는다는 것'에 불안함을 느낀다는 거다.[3] 내

형은 반대로 자신이 하는 일을 별로 좋아하지 않는다. 대신 아내와 두 아이와 함께 보내는 시간을 좋아한다. 나는 형을 존경한다. 그는 올랜도에 공동 소유의 휴가 시설도 가지고 있다.

화가로 일하기 전에 나는 <뉴욕타임즈>에서 아트 디렉터로 일했다. 신문에서 매일 연재되는 코너를 감독했다. 맡은 업무는 여러 아티스들에게 역할을 주고 레이아웃을 디자인하고 디지털 프로젝트를 감독하고 매일 오후 6시 경 일이 끝날 때까지 모든 것을 관리하는 것이었다. 언제나 긴장한 채로 내 이름이 달린 칸막이 방에 앉아 있었고 내 위로는 내가 보고해야 하는 사장이 있었다. 그곳에서 거의 5년을 일했다. 많은 기회를 얻은 것에 감사하지만 솔직히 말하자면 그건 미친 짓이었다.[4] 나는 아직도 그 시절 그곳에 관한 불안한 꿈을 꾼다.

<뉴욕타임즈>에 있던 마지막 해에 나는 나를 불안하게 만드는 것들의 목록을 스케치북에 채우기 시작했다. 그러면서 내게 해결해야만 할 것이 있다는 것을 깨달았다. 그래서 이직을 고려하기 시작했다.

---

1 이 책도 그 프로젝트의 일환이었다.
2 혼자서 일을 하거나 그런 사람을 아는 사람은, 함께 모인 자리에 있지 않고 생각이 딴 데 가 있는 먼 눈길을 하고 있는 사람을 알 수 있다. 내 아내는 이걸 두고 '섬으로 외출 중'이라고 한다.

3 매해 여름, 스웨덴으로 내 처의 가족들을 방문하러 갈 때면 3개월 동안 온 나라가 문을 닫는 것 같다. '워라밸(일과 삶의 균형)'이 완전히 해결된 나라다.
4 내 첫 번째 일도 역시 미친 짓이었다. 'Spiro Egg Farm off Pinc Hill Road'에서 일했다. 난 열두 살이었다. 내가 맡은 일은 계란을 상자에 넣는 것이었다. <뉴욕

2008년 6월 5일 목요일, 전 세계 많은 초고층 빌딩을 등반한 프랑스인 알랭 로베르는 아무 장비 없이 '뉴욕타임즈' 빌딩을 올랐다. 로프도 없이 52층을 올라갔다. 그를 보기 위해 유리창으로 사람들이 몰린 것을 기억한다. 마치 유니콘이 우리 사무실로 날아든 것처럼 직원 모두는 더 잘 보이는 자리를 두고 다투었다. 놀라웠다. 세계에서 가장 바쁘고 좁고 숨 막히는 장소에서 로베르는 삶에도 일에도 얽매이지 않고 완전히 자유로운 무언가를 해낸 것이다. 에디터 사무실로 달려가, "건물 밖을 오르는 남자가 있는 걸 알아?"라고 묻자 에디터는 "어. 그 사람 프랑스 사람이야." 라고 대답할 뿐이었다.

2001년 아버지가 은퇴한 직후, 아버지와 가족들을 보기 위해 매사추세츠주를 방문했다. 그럴 경우 아버지는 언제나 공항으로 나를 마중 나오셨다. 보스톤에 있는 로건 공항부터 첼름스퍼드에 있는 아버지 집까지는 차로 45분이 걸린다. 이 시간 동안 우리는 늘 일과 가족, 친구, 건강과 운동, 차에 관한 것(주로 주행계에 나타난 주행거리를 보며 얼마나 많이 운전했는지), 내가 현재 살고 있는 주의 세금, 살짝 부적절한 농담, 아버지의 애완동물, 정치, 낚시 등에 대해 토론하면서 시간을 보낸다. 특별한 이번 방문에는, 은퇴자로서 아버지의 새로운 삶에 관해

질문하는 것은 중요해 보였다. 아버지는 잘 알려진 것처럼 훌륭하고 항상 우리를 지지해주는 좋은 아버지셨지만, 일을 너무 많이 하셨다. 새벽 5시에 일어나 오후 6시까지 일을 하고는 종종 어두워지고 나서야 집으로 오셨다. 덕분에 자라면서 직업의식은 커졌다. 엄마는 정신을 쏙 빼놓는 세 명의 아들과 이웃에서 온 다른 집 아이들을 함께 키우시면서 회계장부 담당자로 집에서 일하셨다.

이제, 아버지는 완전히 다른 사람이 되었고 나는 갑자기 아버지를 딴 사람처럼 바라보았다. 내 마음속에 아버지는 균형감 있는 현명한 사람이었다. 그래서 평상시에 하던 농담과는 다른 질문을 했다. "아버지, 만약 과거로 간다면 서른 살의 아버지에게 어떤 충고를 하시겠어요?" 아버지는 주저 없이 단 두 마디를 하셨다. "적게 일해라."

이 책은 이런 조언을 구하지 못했던 사람들을 위한 책이다.[5] 아버지의 말이 내게서 떠나지 않았다. 나는 누구보다 더 열심히 일한 사람이 누구인지 생각하기 시작했다. 우리는 죽을 때까지 일만 한 사람들의 말도 안 되는 이야기를 듣는다. 나이가 들고 인생이라는 가공의 비탈길이 이끄는 정상으로 오르면서 나는 인생이 유한하다는 것을 알게 되었다. 내가 이미 온몸으

타임즈>에서의 내 역할도 마찬가지였다. 달걀처럼, 기사는 끊임없이 컨베이어 벨트에 내려졌다. 결코 멈추는 일이 없었다. 가능한 한 질서 정연한 방식으로 기사를 정확한 곳에 넣는 일이 내 직업이었다.

5 아버지는 2년 후 작업장으로 되돌아가셨다. 아버지와 어머니는 돈이 더 필요하다고 하셨다. 나는 아버지가 어머니의 요크셔테리어 강아지를 매일 산책시키는 것이 지겨워졌기 때문이라고 추측한다.

로 겪으며 살아온 날보다 남은 날이 훨씬 적다.[6] 슬프지만 사실이다. 세계에서 거의 1초마다 두 명이 사망하는데 생각하기도 싫은 숫자다. 이 통계를 보면, '죽음'이야말로 어느 누구보다도 열심히 일하고 있다! 그는 결코 쉬지 않는다.

하지만 상상해 보라. 만약 인사부에서 '죽음'에게 휴가를 가야 한다고 명령한다면? 1년을 쭉 쉬라고! '죽음'은 그 시간을 어떻게 보낼까? '죽음'은 어디를 갈까? '죽음'의 삶은 어떨까?

이 책의 주인공, '죽음'은 결코 '일을 하지 않는다.' (아무도 죽이지 않는다.) 그는 마침내 휴가를 떠나고 일을 하지 않기 위해 최선을 다한다. 물론, '죽음 회사'에서 다른 동료들은 여전히 바쁘다. 당연히 사람들은 죽는다. 단지 우리 친구의 손을 빌리지 않을 뿐이다. 우리 친구, '죽음'은 오로시 사는 데 아주 바쁘다.

중요한 점은, '죽음'은 우리 중 하나가 아니라는 거다.

그는 '삶'을 살아본 적이 없다. 그래서 우리가 매일 하는 거의 대부분(외식하기, 데이트 하기, 스마트폰 하기, 손톱 다듬기 등등)은 그에게 낯설다. '죽음'은 오직 한 가지에만 집중한다. 죽어가는 것에만. 그래서 이렇게 살아가는 일에 대해서는 무지하다. 그럼에도 '죽음'은 사람들과 어울리기 위해 최선을 다한다. 그리고 대부분 즐거운 시간을 보낸다. 살아 있는 사람들이 직면하는 몇몇 가지에 대해서도 이해하게 된다. 특히, 우리가 쉴 때 일하지 않는 사실에 불안해한다는 것을.

그건 죽어가는 부분에 속한다.

이 책의 또 중요한 점은, '죽음'이 주인공이지만 죽어가는 것에 관한 책이 아니라는 거다.

이 책은 지나치게 일을 하는 사람들, 그리고 여전히 일을 많이 해야 한다고 생각하는 사람들을 위한 책이다. '죽음'은 그런 사람들보다도 훨씬 일을 더 많이 한다. 그리고 '죽음'은 우리 평생에는 끝이 있다는 것을 일깨운다.

마지막으로 중요한 점은, 이 책은 삶에 관한 책이다.

대학교 때 스승 론 미나르는 전직 펜실베니아주 해리스버그에 있는 신문 <Patriot News>의 편집자였는데 나에게 충고하기를 "노를 저을 때와 놓을 때를 알라."고 했다. 그는 또 "결코 어떠한 경우에도 신문사에서는 일하지 말라."고 했다. 나는 신문사의 최전선에서 일을 함으로써 그의 말을 듣는 것에 실패했으나 가끔 노를 놓아야 할 때를 알게 해 준 이 책을 만들었기에 아직 희망은 있다고 생각한다. 이 책을 읽음으로써 바라건대 여러분도 그러하기를!

---

6 난 이제 알 수 없는 고통이 생겨날 때 불안하다.

JANUARY

1월

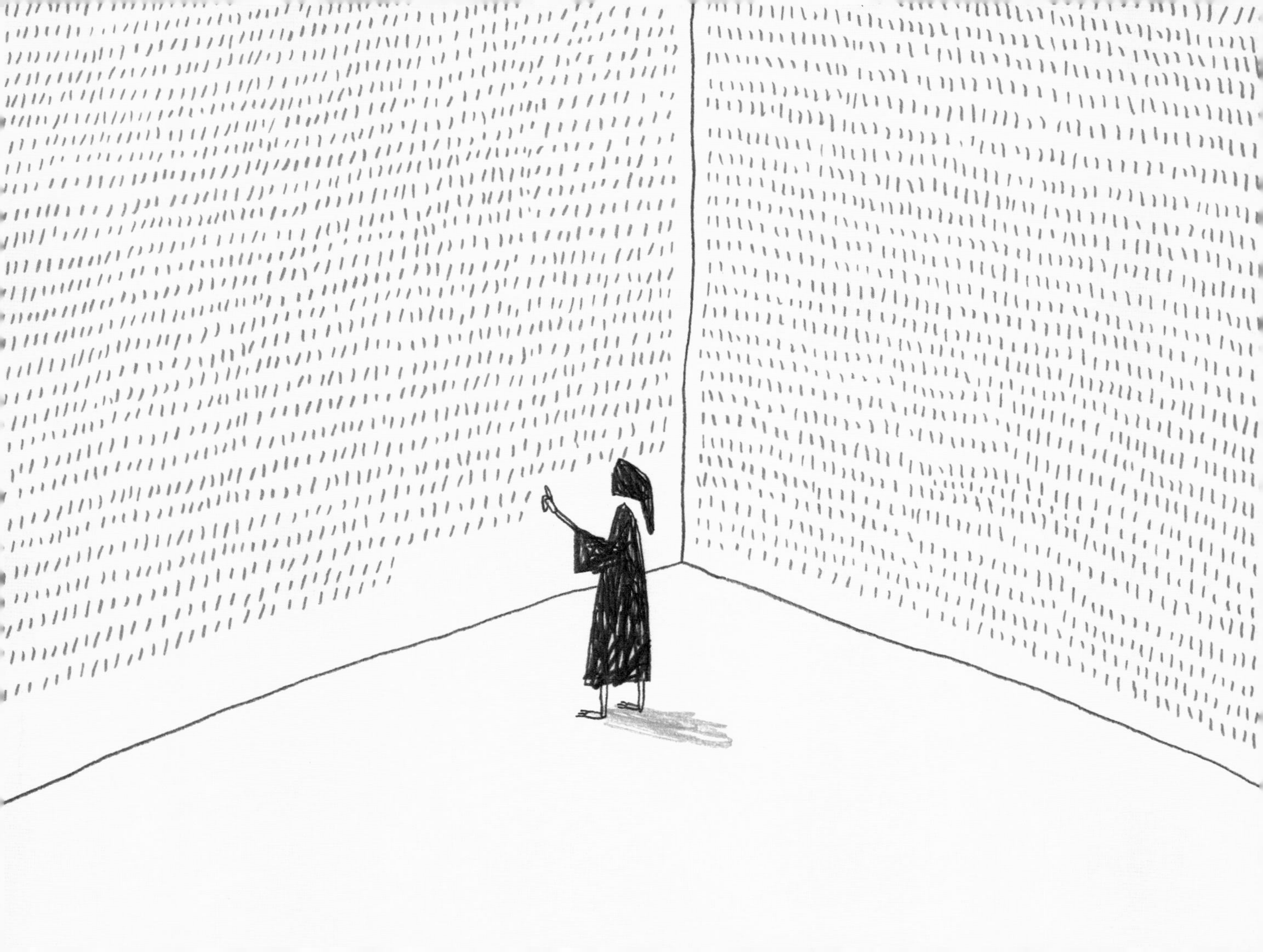

발신: 인사부

회신: 휴가에 관해

귀하에게 사용하지 않은 휴가가 상당히 많이 남아 알려 드립니다.

출퇴근 기록을 보니 귀하는 병가나 안식년은 물론 휴가를 한 번도 쓰지 않았네요.

회사에 대한 귀하의 지속적인 헌신에 매우 감사합니다만

<u>금요일</u>부터 시작되는 휴가를 꼭 사용하셔야 합니다.

쉬는 동안 좋은 시간 보내시길 바라며 1년 후에 다시 뵙겠습니다.

인사부 드림

1년 동안 휴가라...

한 번도 쉬어 본 적이 없는데!

어디 가지? 뭘 하지?

내가 한 여행이라고는 고작 출장뿐인데.

근사한 환송회군. 사무실 전체가 나보다 더 흥분한걸.

(분명 샴페인이었어. 틀림없어.)

굿 나잇!

FEBRUARY

2월

2월 2일

잠이 안 온다.

시간에 대해 생각하는 중이다.

내게 얼마나 많은 시간이 있는지에 대해서.

난 시작하는 시간이 아니라, 끝나는 시간에 아주 익숙하다.

일기를 써야겠다.

목록을 작성할지도 모르겠다. ― 나는 목록을 좋아한다. ― 지금까지는

주로 사람들의 이름이었지만, 이번에는 해야 할 일의 목록을 만들어야….

내기하기   눈송이 모으기   낙엽 속에서 놀기   로 마시기

마을 방문하기   하이킹 가기   천천히 하기   파리   해변 가에 앉아 있기   물

로 달리기   언덕 오르기   언덕에 앉아 있기   새소리 듣기   놀기   독서   아이스크림 먹기   웃어

튜브 타기   낙엽 세기   빗속 걷기   내 상태 업데이트   캠핑   스카이다이빙   계속 자기

손톱 다듬기   여행   패러세일링

쫓기   스핀 연습   박물관 가기   서핑 레슨   관광

춤   상어와 헤엄치기   균형 찾기   영화 보기   비 맞으며 놀기

사진 찍기   데이트하기

목욕하기   옷 개비하기   운동하기   취미 갖기   등산

첨벙 물놀이하기   모래성 쌓기   시골 풍경 보기   수업 듣기   수영   로드 트립

그림 그리기

서 큰소리로 말하기   좀더 떠나보기   사물 돌아보기   이웃 만나기   연극   낚시

로데오 보기   가만히 앉아 있기   시 쓰기   쇼핑하기   파티하기

만 걸어보기   일출 보기   폰 바꾸기   내 시간 갖기

눈사람 만들기   눈 속에서 놀기   가만 내버려두기   브런치 먹기

박람회 가기   유럽 보기   오픈하우스 방문   돌고래와 헤엄치기   정원일 하기

파티   보트 렌트하기   축하하기   행복한 순간이 언제인지 알아보기

DJ 배우기   멋진 정장 마련   음악 축제 알아보기   지하철 타기

내 여행 추억 쌓기   농촌 생활 방문   일몰 보기   나무 숲 걷기

롤러 코스터 타기   여행사와 얘기하기   집 인테리어 하기   새 수건 사기   조각칼

사람 돕기   원하는 만큼 사물 응시하기   스키   신문 읽기   마사

데이트 정보 만들기   담배 피워보기(죽지는 않을 테니:))   특별한 사람 찾기

2월 3일

난 별로 말이 없다. ─ 무슨 할 말이 있겠어?

"함께 가시죠." "강아지를 데려갈 수 없습니다…."

언제나 이런 식이니. 하지만 일기를 쓰면 내 생각들을 모을 수 있겠지.

나중에 훌쩍 그 때로 돌아갈 수 있는 커다란 추억의 덩어리.

그러니, 쓰자고!

2월 5일

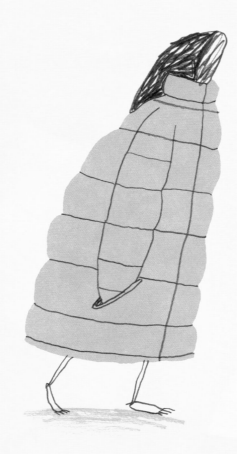

복장 개비 완료!

사람을 사귀는 것은 어렵다.

그래서 대화 기술을 계발하려는데….

"여기서 떨어지면 높이가 얼마나 될까요?"

2월 19일

오늘 사무실 일을 확인했다. — 습관이 무섭다.

숫자가 적어졌지만 새로운 남자가 올 예정이다.

나 없이도 잘 돌아가는 것 같다.

2월 21일

동물에 관한 다큐멘터리를 밤새

(보고 또) 보았다.

MARCH

3월

축제 랜드!

한 번도 가 본 적이 없다면 꼭 가 봐야 한다. 넘치는 사람들, 게임들,

탈 것들과 바삭 도넛까지. ─ 정말 좋아서 미쳐버릴 것 같다.

모두 동시에 빙글빙글 돌고 함성을 지르면서

휘황찬란한 불빛들에 휩싸인 달콤한 미소들이 난 너무 좋다.

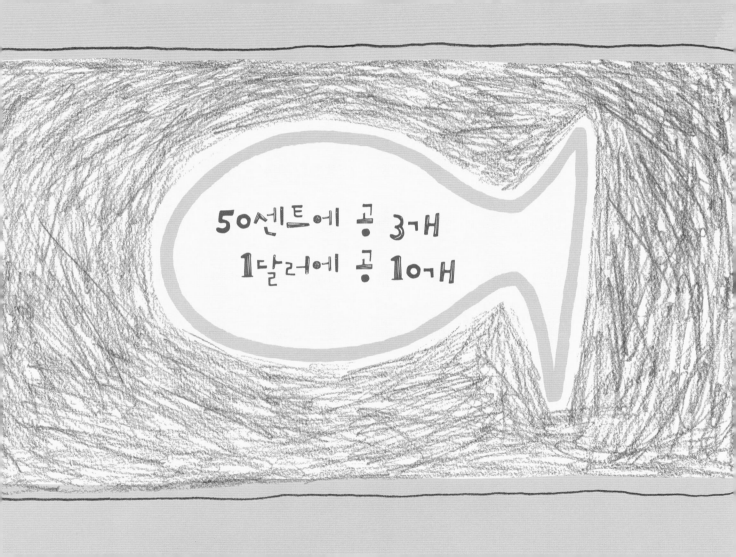

이겼다는 게 믿기지 않는다!

그를 껴안고 싶었지만

대신 내 핫도그를 주었다.

(자요, 여기 작은 친구 가져가세요!)

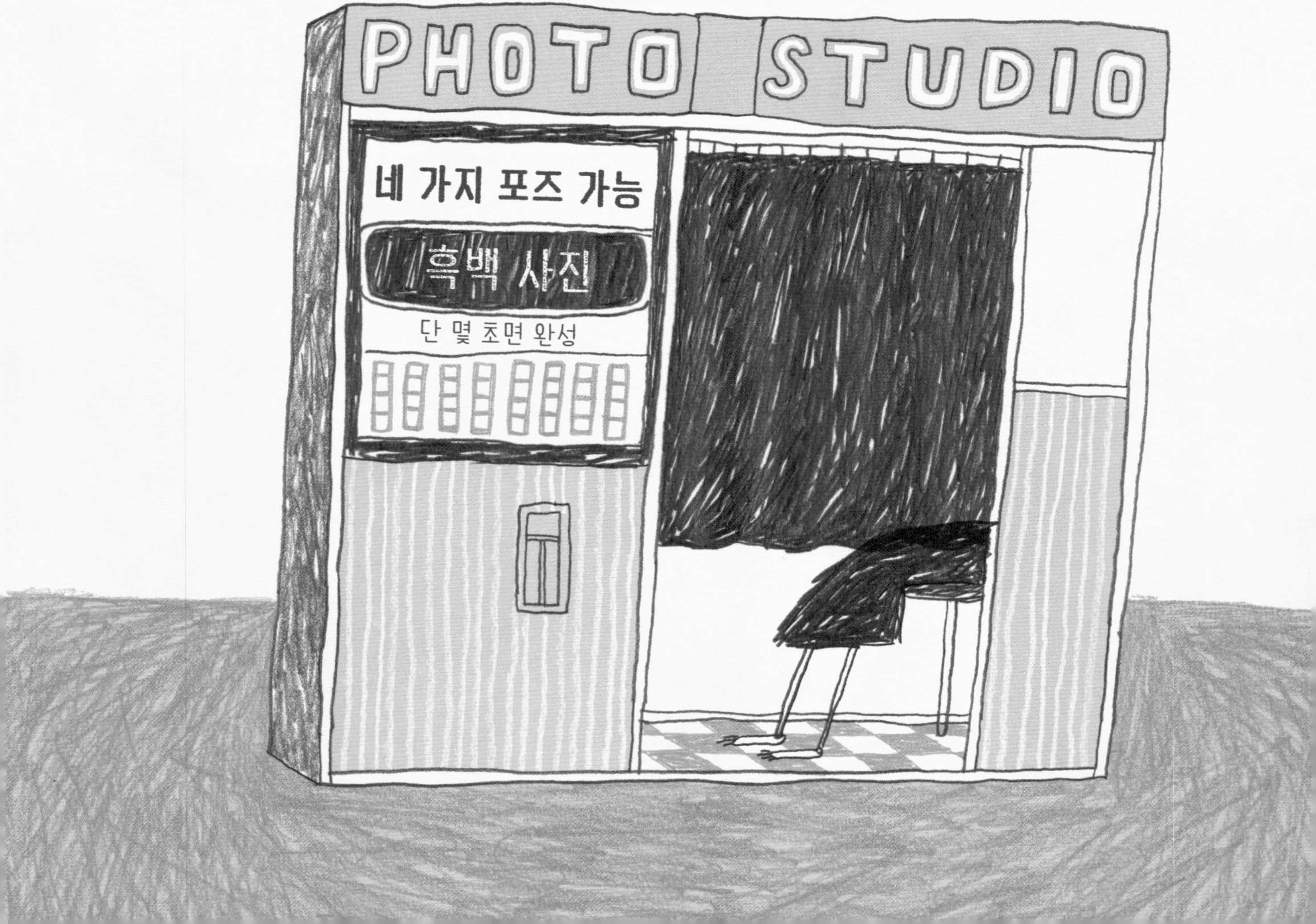
PHOTO STUDIO
네 가지 포즈 가능
흑백 사진
단 몇 초면 완성

굉장한 하루였다.

APRIL

4월

4월 2일

봄기운이 물씬!

이 때만 되면 내가 얼마나 외로운지

새삼 깨닫는다.

혹시 자기계발을 해야 할 때인지도….

4월 10일

데이트 — 특히 프로필을 작성하는 일 따위 — 는 되도록

피하려 애썼다.

하지만 내 이웃, 제인이 부추겼다. 까짓것 한번 <u>부딪쳐 보라고!</u>

바로 찾았다. — 잘 맞을 확률 93퍼센트.

안녀어어어어어엉 내 작작!

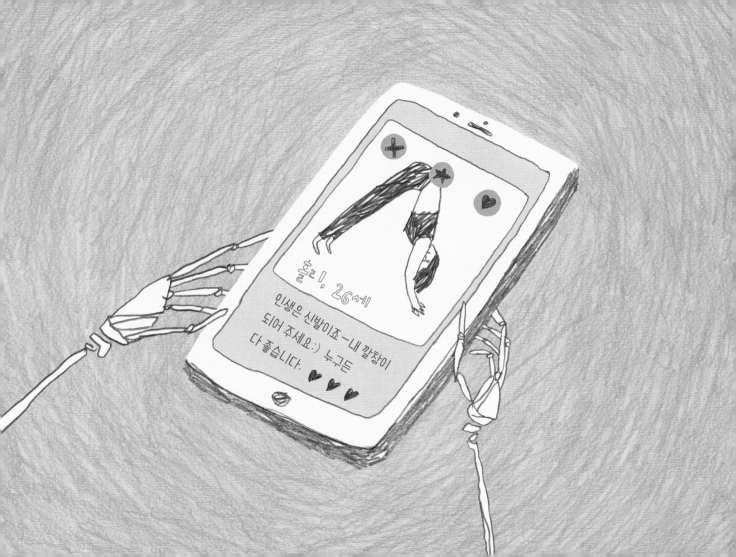

세상에나! 진짜로 데이트를 하게 되다니. 그래서 긴장이… 왜지?
난 여행도 다녔고, 많은 사람도 만났다. 상대방 이야기도 아주
잘 들어준다.

하지만 가끔씩 어둡고
위험할지도….
사랑하면 안 될 게
뭐 있어?

4월 17일

너무 일렀군….

4월 18일

데이트는 내가 바란 만큼 잘 되지 않았다. 아니 망했다.

(다시) '지하 감옥 라운지'에서 만나자마자 끝났고 홀로 술을 마셨다.

다행히 멋진 커플을 만났다. 그 커플은 공감력이

아주 뛰어났다. 그들은 내게 "여기서 나가고 싶으세요?" 라고 물었다.

이 말은 주로 내가 하던 거다.

난 중대한 판단 착오를 범했다....

데이트는 잠시 중단해야겠다.

MAY

5월

바람이 불어 나무들이 소곤거린다.

그저 가만히 듣기만 한다.

5월 9일

휴가는 인생에서 내가 무엇을 원하는지 생각할 공간과 시간을 주고 있다.

내게 어떤 기술이 있지? 난 정말 행복한 거야?

불현듯 내가 가장 원하는 것은 어쩌면 강렬한 포스터를 만드는

회사를 운영하는 것일지도 모른다는 데 생각이 미쳤다.

어이~ 작은 친구들… 당신들 가끔씩 좀 쉬어야 한다고 :)

5월 13일

스노우볼을 모으기 시작했다.

마법 같은 자그마한 추억들, 그러나 스노우볼을 만드는

사람도 그렇게 생각할지는 모르겠다.

5월 22일

수 킬로미터에 걸쳐 황량했던 들판에 꽃이 핀다. 절정이다.

나는 형형색색의 꽃들이 넘실대고 ㅡ 활기로 가득하다. ㅡ 꿀벌들이

부지런히 일을 하는 들판에 누워 온 몸을 쭉쭉 뻗는다.

약간 죄책감이 든다. ㅡ 나도 다시 일하러 가야 하나?

언제 노를 저어야 할지, 언제 노를 놓아야 할지 한 번도 배운 적이 없지만,

만약 배우려면 시작하기에 가장 좋은 장소인 들판에

지금 나는 누워 있다.

양귀비 꽃잎들이 나풀나풀!

6월

JUNE

해변에서 시간을 보냈다. 오로지 생각만 하면서.

6월 19일

걸고 이야기하고,
또 걸고 이야기하고.

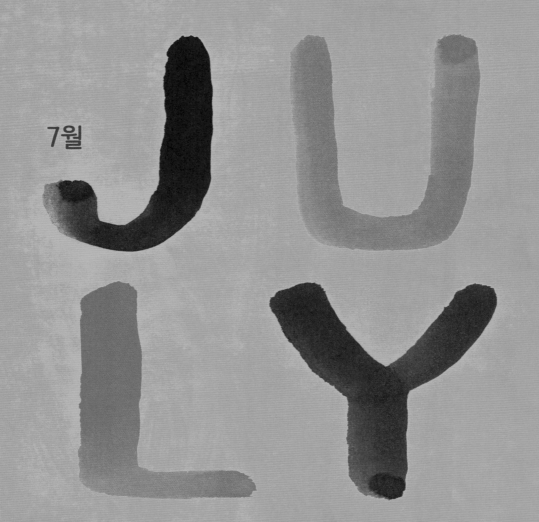

7월

7월 2일

브런치가 제공되는 편도 비행기를 예약했다!

내 여행 궤적은 전 세계를 걸쳐 아주 아주 크고도

복잡한 선이 될 것 같다.

7월 11일

오늘 저녁, 모든 사람들과 즐거운 시간을 가졌다. 아니타만 빼고.

아니타는 경쟁심이 너무 강하다.

"빙고!" 아니타가 외쳤다.

하하하하.

7월 23일

패러세일링을 시도했다.

아주 외롭고 (바람도 불고) 높은 의자에 그저 앉아 있기만 했다.

이제는 좀 더 사교적인 무언가를 할 때인 것 같다…. 로드 트립!

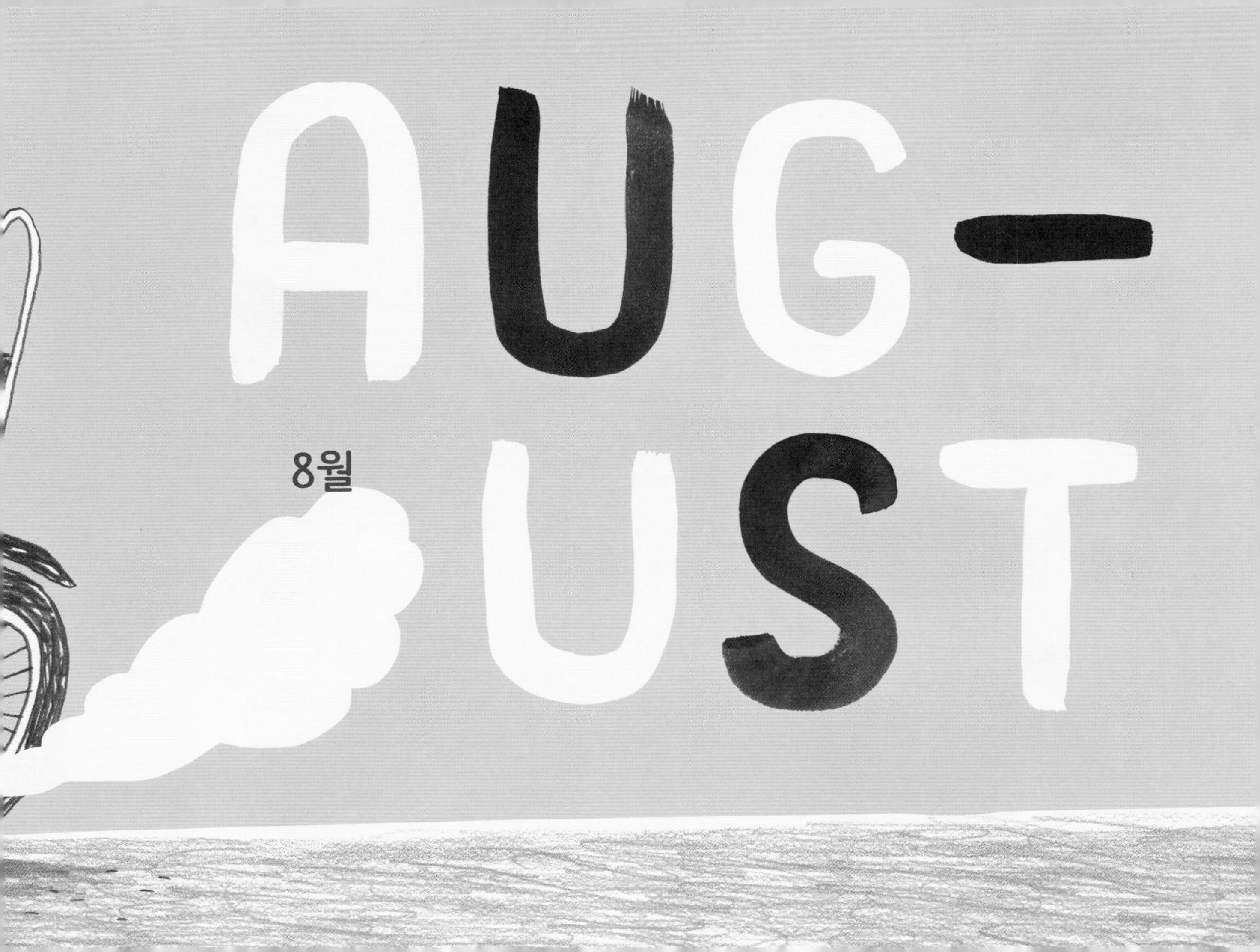
AUG-
UST
8월

8월 4일

존과 사무엘을 만났다. ─ 좋은 친구들이다.
우리는 인장에 대한 조언이나 각자가 지닌 기술에서
도움이 될 만한 것들을 주고받았다. 인상적이었다.

8월 8일

빌 로워드가 말하길, 약 5킬로미터 더 가면 유령 마을이 있다고 했다.
그래서 나는 확인하러 갔다. 금방 알아보았다.
(전에 그곳에 일로 갔었으니까.)

10달러라고? 아무 것도 없는 마을로 들어가는 데 왜 돈을 내야 하지?
매표소에 있던 여자는 그 돈은 이 마을 유지를 위해 쓰인다고 했다.
나는 그 돈이 제대로 쓰이고 있지 않는 것 같다고 말했다.
그녀는 내 말이 웃긴다고 생각해서 공짜로 입장하게 해 줬다.
웃음은 중요하다.

8월 14일

로데오 경기를 보았다. 많은 동작과 박수갈채, 그리고
커다란 모자, 대단하다!
모두 국가를 부르는데 하늘에서 한 남자가 미국 국기 모양의 낙하산을 타고
떨어졌다. 그가 경기장 쪽으로 다가가자 사람들은 환호했다.
하지만 곧 무언가가 그를 다른 방향으로 날려 버렸고
그는 주차장 근처 대형 스탠드 밖으로 떨어졌다.
분위기가 바뀌었다. 사람들은 좋아하며 웃음을 터뜨렸다.

8월 21일

우연히 오래된 동료를 만났다.

8월 28일

오늘 밤은 사색에 잠긴다.

이제 휴가도 많이 지나고 얼마 남지 않았다는 생각이 들었다.

좀 더 의미 있는 일들로 나머지 시간을 채워야 하는데....

확실히 많은 일을 했고 재미있는 사람들을 만났는데

그래서 무엇을 배웠지?

그리고 더 중요한 것은 내가 성장하고 있는 건가?

9월

SEP
TEM
BER

9월 7일

"인생은 배움이다. 배움을 멈출 때, 당신은 죽는다."
톰 클랜시는 이렇게 말했다. 어쨌거나 인터넷에 그렇게 나온다. 그는
《The Hunt for Red October》라는 소설을 썼다. (영화로도 만들어졌는데
숀 코네리와 젊은 시절의 알렉 볼드윈이 주연을 맡았다.)
알베르트 아인슈타인도 아주 비슷한 말을 조금 예의바르게 했다.

"배움을 멈출 때부터 당신은 죽어가기 시작한다."
아인슈타인은 물론 세계에서 가장 똑똑한 사람이지만
어쨌거나 두 사람은 이제 우리 곁에 없다.

배움은 이제 그들 각자의 우선순위 목록에 더 이상 상위를 차지하지
않는다는 것을 의미한다.
그렇더라도 이제는 내 차례다.

근처 지방 대학에 등록하기로 결심했다.
오리엔테이션이 다음 주다.

꽤 과묵하나 좋은 가족이 있는 룸메이트를 만났다.

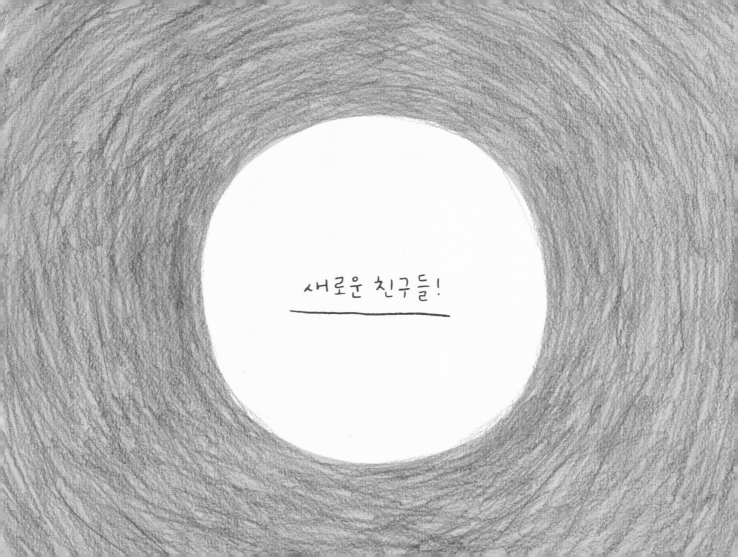

새로운 친구들!

"경찰이다!" 파티가 끝났다. —
기숙 사에는
뒤쪽으로 몰래
숨어 들어갔다….

깨으나 비몽사몽이다.

9월 25일

수업을 빼먹었다.

일은 잘 관리할 수 있었는데,

내 간은 결코 '인간들'을 이기지 못할 것 같다.

OCTOBER

10월

마지막 날… 마지막 날…이 오고 있다.

언제 상할지 항상 정확히 아는

우유를 볼 때처럼 슬프다.

10월 10일

근처에 있는 오래된 장소를 방문했다. 예전 같지 않았다. 모두 변한다.

복잡하고, 길도 포장되엇고, 와이파이도 터지고….

10월 15일

가끔 혼자라는 것은 최고의 상태다.

마시멜로를 다 먹을 수 있다는 뜻이기도 하다.

그리고 그건 특별하다.

10월 20일

삼나무를 보았다. 생각보다 훨씬 컸다!

그 중 한 나무는 밑동 중앙에 뻥 뚫린 큰 구멍이 있었다. 가이드는 그 나무가

"천천히 죽어가고 있는 중"이라고 설명했다. ─ 그래서 모두가 지나칠 때

나는 안으로 들어갔다. 모든 소리가 사라졌다.

내가 작게 느껴졌고, 따뜻했다.

나무는 전혀 죽어가고 있지 않았다. 단지 천천히 살아가고 있었다.

10월 29일

의상 콘테스트에서 훌륭한 차림을 선보였다(3위를 차지했다)!
내 의도는 '버블걸'이었는데 보는 사람들은
'섹시한 소방대원'이라고 환호했다.

"호스를 보여줘! 호스를 보여줘!"

11월

NOVE
MBER

11월 1일

나뭇잎이 떨어진다. 시간이 흐른다.

하지만 난 여전히 여기 있다. 집안 일들을 해야겠다.

(옷장에서 스웨터 꺼내는 걸 잊지 말 것.)

올 더 싱글 레이디스

올 더 싱글 레이디스

올 더 싱글 레이디스

그림 그리는 재주를 발견했다.

이 크림의 제목은

'상자 안에서 비와 바위가 싸우다'

그리고 이것은 나의 최근작이다.

'떨고 있는 달마시안'.

(내가 제일 좋아하는 작품이다.)

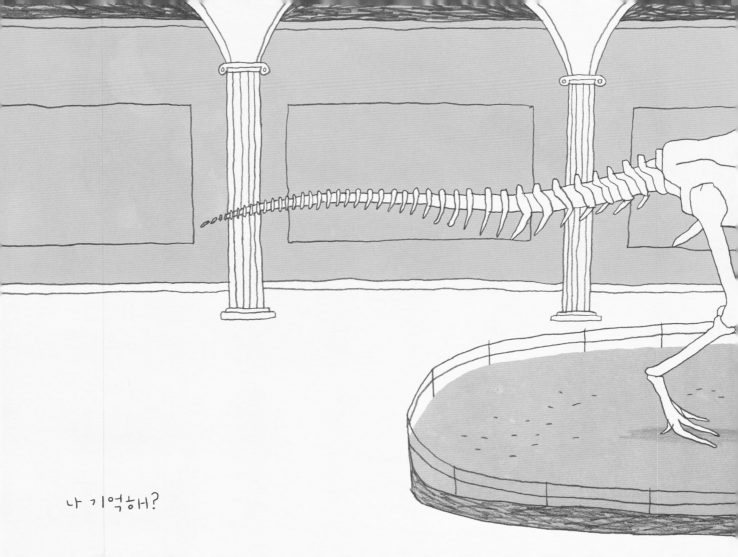

나 기억해?

12월

DECEMBER

오늘 산등성이를 따라 산책을 했다.
나와 바람, 그리고 내 발 아래서
뽀드득 대는 눈뿐이었다.
그 외 아무것도 없었다.

12월 14일

때때로 휴일이 되면

외로움에 빠질 수 있는데...

누군가에게 선물을 주면 외로움은 사라진다.

12월 20일

휴가가 끝난 후 다시 일에 복귀하는 것이
살짝 걱정된다.

어제 꿈을 꿨는데 회사에 있었지만
어떻게 일을 해야 할지 몰랐다.

12월 23일

업무에 복귀했다.

긴장도 되고 직장에서 모두를 볼 수 있어서 흥분이 된다.

아마도 휴가가 나를 많이 변화시킨 것 같다. ㅡ 다른 사람이 나를 보는

시선도 마찬가지겠지. 검게 그을린 피부 때문에

잘 쉰 것처럼 보일 거다.:) 나 스스로 달라졌음을 느낀다.

성장이란 말은 적절하지 않다. 내 안에서는 그 이상이다. ㅡ

마치 열렬하고 좋은 무언가를 온몸으로 삼킨 것 같다.

짐작하기에, 그것이 무엇이든 내 안에서 잘 섞이는 데는 시간이 걸릴 거다.

일기를 써서 (그리고 휴가 동안 친구들을 만들어서) 기쁘다.

지금까지 내 삶의 대부분은 다른 사람들에 관한 것이었다. —

대부분 세상을 떠나는 사람들이었다.

그것이 내 일이었다 — 그게 나였다 — 고 말할 수 있다.

하지만 지난 1년 동안 내가 배운 한 가지 중요한 사실은,

다른 사람과 소중한 시간을 함께하는 것이다.

그리고 '웃음'도 중요하다. 나는 사람들을 멀리하기보다는

가까이하는 것을 배우고 있다. (하하).

어쨌거나 시간은 짧다. 그래서 나는 잘 해 낼 거다.

산다는 것을!